AF509700

SONNETS ANAGRAM- MATISEZ.

DEDIEZ

A Madamoyselle la Uiballyue de Chaponay
de l'Isle, Beauregard, &c.

A VIENNE,

PAR IEAN POYET, Imprimeur
de laditte Cité.

M. DC.XVI.

MADAMOISELLE,

OSTRE ESTRE, eſt comme ce hyeroglyphique Serpent, que les Phœniciens peignoient ſe mordant la Queüe, pour repreſenter l'Eternité ; il n'a commencement ny fin : En quoy il ſurpaſſe d'autant plus le Naturel des autres, qu'apreſ Dieu il n'a que les ſeules vertus pour Autrices. Et ſi bien la viciſſitude vous ayant rauy vos Anceſtres, ſemble l'auoir diminué en quelque choſe ; Neantmoins elle ne luy a rien oſté, qu'elle ne luy ayt rendu au double. Car tout ainſi que le fabuleux Saturne des

Anciens n'engendroit pas tant ſes En-
fants pour les deuorer, qu'il les deuoroit
pour les re-engendrer : De meſmes le
Monde ne les auoit pas tant faict naiſtre
pour eſtre Mortels, que pour eſtre Immortels en leur Poſterité. Ce qui a reüſſy
d'autant-plus ſelon l'intention du Ciel,
que tant s'en faut que voſtre Race ſoit
pour iamais deffaillir, qu'au contraire ſe
conſommant d'elle meſme, ſur le Boys
aromatic de ſes propres Vertus, allumé
par les Raiz de ce Soleil de Perfections,
auquel deſpuis peu ſon bon-heur l'a
ſainctement conjoincte ; Elle deuiendra
vn Phœnix de tres-ancienne Nobleſſe.
La conſideration de ceſte verité, eſtant
digne d'eſtre eterniſée en la memoire
des Siecles aduenir, m'a faict prendre le
ſubject de voſtre Nom, auec celuy de
Monsievr le Vibally , pour
(apres vous les auoir preſentez) les leur
laiſſer

laisser dedans cest admirable Temple
de Nature, à la maniere des Romains:
qui enregistroient les leurs dedans le
Nomophylacte ediffié pour c'est effect
à l'honneur du mesme Saturne. Vray est
que ce sera auec plus de Cerimonie qu'ils
ne faisoient pas : Car, veu que les Ægyp-
tiens premiers Inuenteurs des Noms te-
noient qu'il y en auoit des Sacrez, &
d'autres qui ne l'estoient pas : Les vostres
estans du nombre des Sacrez, ie les lair-
ray de ma part auec tous les Mysteres
que les Anagrammes que i'en ay faicts
peuuent comprendre : Et notamment
soubz les heureux Auspices de ce Iour,
dedié non moins au Celeste Ianus, qu'à
celuy des Payens : Esperant , qu'outre
qu'ilz en seront trouuez plus venerables
d'vn chascun : le Public ne les refusera
de leurs mains : Tant pour auoir Cestuy-
cy esté autresfois qualiffié entre les Gen-

tilz du Nom de grand Introducteur des Annees, sans lesquelles le Temps, ny les Siecles, n'auroient point de duree: que pour estre Celuy là l'vnique A N V S, c'est à dire le plus vieil de toute l'Antiquité, auquel ayt esté jadis imposé le premier Nom sacré de vray & prospere Patulcien & Clusien de nos vies. Receuez les doncq' M. d'aussy bon cœur que vous desireriez qu'ilz fussent aggreez de ceux pour lesquels ilz sont destinez: Et faictes comme feroit vne belle Deesse, à laquelle il seroit impossible de sacrifier à l'esgal de sa Grandeur : Ne regardez point tant à la petitesse de l'Offrande, que vous ne fassiez encor plus d'estat de la bóne volonté de Celuy qui l'a consacre au pied de voz Merites : Qui veut trouuer l'Ouurage des plus excellents Architectes parfaict : Il en doibt prendre la Perspectiue si iuste, qu'elle soit

pluftoft

pluſtoſt de bien loing que de trop pres: Ainſi pour tirer quelque contentement de ce mien petit Labeur : Ie vous prie-ray le contempler d'vn œil de Bien-veillance, & laiſſer celuy de Calomnie, pour ceux qui ſe voudront declairer en-nemys de voz loüanges. Par ce moyen aſſeuré, que le propre d'vn Eſtre tout diuin comme le vóſtre, eſt de ne rien denier de fauorable: pour la Reuerence que ie vous doibs à ſon occaſion, & à ceux qui participent d'Alliance à ſa Diuinité, Ie finiray, me diſant iuſques à la fin du mien

M ADAMOYSELLE,

Voſtre plus humble &
affectionné Seruiteur

M ELLIER I. C. L.

A VIE
D'OR
LOS ETERNEL.

SONNET.

I.

SIecle que les Antiens ont surnommé Doré,
    Parce que de ton Temps on viuoit vne vie
 Si Saincte, qu'on estoit exempt de toute Enuie;
    Tu en doibs pour iamais de nous estre honoré:

Car ces Dieux que tu as autresfois adoré,
    Pour auoir de Vertu la vraye voye suiuie,
    Faict que ton Los en va de là nostre suruie,
    Et qu'il merite encor d'estre rememoré,

Dautant plus le doibt-il, que iusques à nostre Aáge
    Il a des mieux-viuants gardé la viue Image,
    C'est nostre ELEONOR DE VILLARS, qu'il a veu

En ses Predecesseurs viure en Renom supréme;
    Certain Augure aux Siens qu'elle viura de mesme,
    Qui faict qu'A VIE D'OR LOS ETERNEL est deub.

DE SOLON
ELL' ARRIVE.

D'EL' SOLON
VERR' ALIE'

D'ELLE SOLON
ARRIVE.

SONNET.

II.

IVpiter (comme on dict) est de Iustice Pere,
  Iustice nonobstant semble auoir espousé
  Iupiter ; puis qu'elle a soubs son Adueu osé,
  Grosse de ses Vertus s'en publier la Mere.

Si de meilleures Loix le Monde se modere
  Que iamais il n'a faict : C'est qu'il est composé
  Des plus iustes Solons esquels ayt reposé
  Iadis l'Esprit Sacré de Themis iusticiere.

LYON & VIENNE en vont ressentant les effects,
  Souz Deux qui dãs leur Clos sont Preteurs tresparfaits ;
  Née du tien Lyon DE SOLON ELL' ARRIVE ;

Vienne au tien joincte, D'EL' SOLON VERR' ALIE ;
  Si qu'Asttee à Sophie on aura marié,
  Pour dire Elle acouchant D'ELLE SOLON ARRIVE.

DE LOS
ORNE'ELE LVIRA.

S O N N E T.

I I I.

POur luire il faut auoir de Vertu l'ornement;
  L'Ornement de Vertu consiste en la loüange
  Qu'on s'acquiert en fuyant ce qui corrópt & change
Noz Mœurs,& les distraict du Diuin Mandement.

Ces Vertus en ton Cœur sont naturellement
  Si viues, que tu n'as en tes Mœurs rien d'estrange,
  Sinon qu'elles ont moins de l'humain que de l'Ange;
Et c'est là de ton Los que gist le fondement.

Ton Visage qui sert aux Graces de Seance,
  Monstre qu'il n'y a rien d'esgal à ta Presence:
  Et ta Presence aussi monstre qu'il ny aura

Esprit tant grand soit-il, qui le tien outrepasse:
  Doncques le Pronosticq sera vray de sa face,
  Qui dict qu'vn iour DE LGS ORNE'ELE LVIRA.

B 3

D'VNE

ROIN' ELL' A L'ESOR.

S O N N E T.

I V.

DV Nez, du Frót, des Yeux, des Sorcilz, de la Bouche;
Eſtroicte, hauts-voutez, fixes, large, Aquilin.
La Majeſté, Candeur, Prudence, Cœur Sublim,
Et le ſage Parler, font qu'aux Grands elle attouche;

Sa taille, ſes façons, ſon port, ſon ſein ou couche
Cythere auec ſon filz, ſon Eſprit qui n'eſt plein
Que de graues penſers, ſon humeur non malin,
Font qu'yſſuë on la tient d'vne Royale ſouche.

Bref en Elle il n'y a ſinon manque de Sort:
Car D'VNE ROIN' ELL'A quant au ſurplus L'ESOR.
Et vous ſon Geniteur qui l'auez engendrée,

Pendant que vous rendiez ſeruice à voſtre ROY:
Eſioüyſſez vous en : France ſe ſent ie croy
D'elle autant, que lon faict d'vne Royne, honorée.

RARE LOS
SELLON DIEV.

S O N N E T.

V.

CElle que le Ciel a par le vouloir des Dieux,
　　Deleguée ça bas pour influer le Zele,
Par lequel pour monter à Eux faut qu'on l'eschele,
Est ja Predestinée entre les Glorieux.

Aussi sa Vie n'est qu'vn Trauail, mais Pieux.
　　Vostre Ordre Seraphicq Vestales, sçait bien, qu'Elle
Luy a toussiours esté Mere bonne & fidelle,
Et qu'elle n'a pour vous oncq heu l'œil sommeilleux.

Dictes moy, puis qu'au Ciel vostre saincte Priere
　　Luy en a procuré des Heureux le salaire,
Quel sera le Guerdon qu'elle aura en ce lieu?

C'est que d'Elle naistra vne seconde fille
　　Qui la rendra sans doubte Vnique dans sa Ville,
Mere de RARE LOS mesmement SELLON DIEV.

C

D'ELLE
VIEN' ORRA LOS.

SEVLLE
ADOREE A LYON.

DE LYON
L'HEVR LA ROSE.

SONNET.

VI.

L'Effect a precedé (Vienne) la Prophetie,
   Que Saturne a caché foubs fon emplumé dos,
De la Race & du Nom des DE VILLARS Heros,
Par vne de leur fang maintenant accomplie.

Toy doncques eftant Saincte, & fa Race benye;
   Só Nó porte à bó droict D'ELLE VIEN'ORRA LOS,
Cela prophetifant qu'excitée des os
De tes Saincts,Elle auroit vn iour ta Bergerie.

Ainfi par Elle a Los fa Race en ta Syon;
   Par Elle, Elle eft auffi SEVLLE ADOREE A LYON,
Toutesfois en tous deux c'eft pour diuerfe caufe.

L'vne qu'elle toufiours t'a pourueu de Prelats,
   Qui de faict & de Nom font Primats des Primats,
L'autre que DE LYON Elle eft L'HEVR & LA ROSE.

C 2

ON DOVRRA
L'ISLE A ELLE.

DE SON L'ILE
L'AVRORE.

SONNET.

VII.

HOnneur, Richeſſe, Amour, trois grandes Deïtez,
   Se ſont n'a pas long téps de leur pouuoir chacune
   Peynees de trouuer Party ſortable, à Vne;
   Qu'Vn ſeul debuoit combler de leurs Proſperitez.

Mais Hymen pour garder ſes Souuerainetez,
   Et finir leur Debat : du haut de ſa Tribune
   Dict ces myſtiques mots d'vne voix non commune,
   ON DOVRRA L'ISLE A ELLE Hoir de vos qualitez:

Fortune qui auoit faict n'aiſtre leurs deux Ames,
   Pour bruſler quelque iour de reciproques flames,
   S'eſioüyt du Decret à ſes Suppoſts dicté;

Car à l'Iſle elle a veu DE SON L'ILE L'AVRORE,
   Ioincts ne ſeruir tous Deux ça bas que d'vn Boſphore
   Pluſtoſt qu'elle ne l'a meſmes premedité.

HA LEVR BONTE D'ESPOIR
CORDIALE A L'HYMEN.

SONNET.

VIII.

Qvand quelqu'vn a receu du sacré Mariage,
   Dedans son chaste sein vn Amoureux desir;
Il doibt pour en gouster longuement le plaisir,
De semblables humeurs faire son assemblage.

A Ceux qui font ainsi, ce leur est vn Presage,
   Qu'vn beau Subject venant leur Liberté saisir,
Ils auront d'heur, d'espoir ; asses pour à loüir
D'vn glorieux succez contenter leur Courage.

Si iamais deux Amants, heurent en leurs Amours
   Espoir que Mariez ils finiront leurs iours,
Vous l'auez deub auoir sur l'infaillible yssüe

Qu'en predisent vos Noms ; Car ce qu'est le moien
   QU'HA LEVR BONTE D'ESPOIR CORDIALE
     A L'HYMEN.
C'est que conforme ils ont leur Nature cognüe.

LE CIEL

PAR BONHEVR LES IOINDRAT D'AME.

SONNET.
I. X.

Vous perdez voſtre temps (Deſtins) de conſpirer
    L'entre-deſunion de deux Amants fidelles;
Car tant plus leur ſeront vos Trauerſes cruelles,
Plus ils ſe roidiront à leur but d'aſpirer.

De vains objects leurs Cœurs ceſſez de martyrer;
    Ils voyent vos appaſts n'eſtre rien que Cautelles,
    Auſſi les fuyent-ils comme peſtes mortelles,
    Partant vueillez Deſtins loing d'eux vous retirer.

Sçachez, que ſi vous loing, Mort ne les des-aſſemble,
    Viſz LE CIEL PAR BON-HEVR LES IOINDRAT
      D'AME enſemble,
    Où bien voſtre pouuoir vaincra celuy des Cieux:

Il ne l'a pas vaincu; teſmoin l'Epithalame
    Qu'ores ma Muſe en chante à l'hóneur de leur flame:
S'il l'eut faict, c'euſt eſté pour mal nó pour leur mieux.

D

NOBLE
RACE DE THEMIS
OV LA LOY PREND AIR.

S O N N E T.

X.

ENtre les Lieux où plus la Loy prend de delices,
  C'eſt dans le Cœur du Noble : alors ſur tout qu'en
Il tient de ſon pouuoir le politique frein,   (main
Car mieux qu'vn autre il faict pour l'honneur teſte
  aux vices.

Des deux tiges ils ſont tous deux nais de Fabrices,
  Qui de leur temps ont faict ſi bien, qu'on ne cóuainc
Iceux s'eſtre pollus d'aucun ſordide Gain,
  Lors qu'ils ont de Iuſtice heu les premiers Offices.

Vous Couple qui germain d'vn autre grand Preteur
  (Inuincible Scæua aux traicts du Corrupteur)
  Eſtes vn meſme ſang, ſçachez ô NOBLE RACE

DE THEMIS OV LA LOY PREND AIR, pour ſó effect
  Soubs vos ſinceritez mieux produire à ſouhaict,
  Qu'en Terre vous tenez de Demy-Dieux la place.

MINE ET CAP
DE ROY HA.

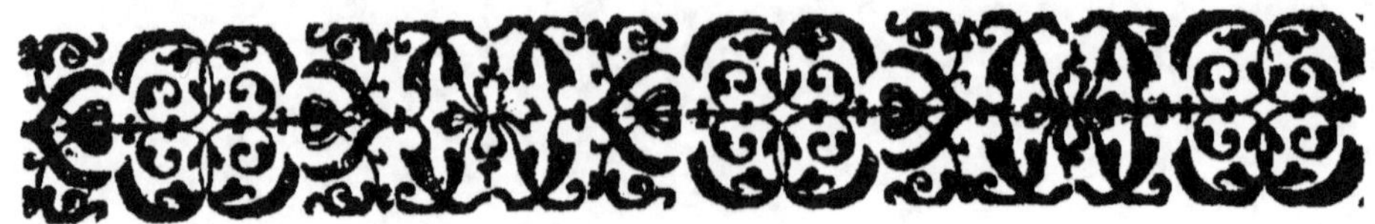

S O N N E T.

X I.

AVx Païs que le Rhofne arrofe par le bord,
Les DE CHAPONAY font fort antiés en Nobleffe:
Cil d'Eux qui a Plancus porta cefte Déeffe,
Aux Dauphins du defpuis en a faict le rapport.

Car comme ils font du temps d'IMBERT;auffi leur fort
Veut qu'Vn des Leurs du nom d'Iceluy,feul d'efpece,
Soit premier Vibally dans Vienne,la Maiftreffe
De fes Citez; en luy pour reuiure or' que mort.

Auffi eft-il de mœurs vn fecond Ariftide;
Au parler vn Scæuole ; en fes faicts vn Alcide;
Et pour le bien publicq Zelé comme vn Numa.

En fomme ne fe faut (veu les belles parties
Que Nature luy a au dedans defparties)
Eftonner fi dehors MINE ET CAP DE ROY HA.

CY HABITE
ROND' AME.

S O N N E T.

X I I.

MOnſtres qui vous muez en autant de figures,
Que d'ames vous trouuez, côme vous à deux frôts;
Qui nourriſſez dedans vos penſers plus profonds
Vn deſir cauteleux de ſembler des Mercures;

Qui Protées changeants eſtes de deux Natures,
Par les eſlans de l'vne, à mal faire plus prompts,
Que vous n'eſtes jaloux par l'autre d'eſtre ronds:
Fuyez de deuant luy, il hait vos procedures.

Il n'eſt diſſimulé, fraudulent, ny flateur,
Immuable à bien faire il a pour luy le cœur:
Si muable ; on en diƈt CY HABITE ROND' AME:

Parce qu'il ne ſçauroit, ſans remors conniuer
Au moindre mal qu'on puiſſe à autruy machiner,
Tant il eſt Ennemy d'vne traiſtreſſe Trame.

PARMY BONTE
DICE HA.

S O N N E T.

X I I I.

Bonté laquelle en Dieux transforme les Mortels,
  A diuine allaicté vn Fils de sa Sœur Dice,
  (Dice qu'apres les Grecs nous appellons Iustice)
  Qui l'a du tout Diuin conceu des Immortels.

Humbles remerciments sont deubs à ses Autels,
  Des Vertus qu'il retient de ses Mere & Nourrice:
  Car tout ainsi que l'vne est des bons la tutrice,
  Et l'autre le tourment de tous les Criminels;

Luy de mesmes est tel que ses mœurs il ajuste
  Sur l'Vne & l'Autre ; Ainsi est-il tant plus Auguste,
  Que PARMY sa BONTE', l'attrempee DICE HA.

Apres ces Mœurs on n'a, en la fleur de son Aâge
  Icy veu Magistrat plus habile ou plus Sage:
  Ny peut-estre iamais de tel on n'en verra.

E

HYMEN
A TA NOPCE
RIRA.

S O N N E T.

XIV.

Efioüis toy Venus ; refioüis toy Lucine,
   Pour auoir toutes deux d'vn Amour Conjugal,
Eftreint vn qui n'a point en conftance d'efgal,
Vn dif-ie à qui le Ciel par vous tout heur affigne.

L'heur futur dont le Ciel, & fon heur luy font figne,
   C'eft vn Lien parfaict, content, & nuptial,
Auecq' Vne de cœur non moins que luy Loyal,
Pour eftre vn iour de luy d'vn Dieu ou Roy Gecine.

Refioüis t'en, HYMEN A TA NOPCE RIRA,
   Ainfi que ja HYMEN A TA NOPCE RY A,
Soubs le Corps des Eftats de la ville ou tu Iuges.

Leurs Efcortes, leurs Feux, leurs Armes, leurs Accueils,
   De l'honneur qui t'eft deub, font autant de Recueils:
Que ton Amour leur eft à chacun de Refuges.

LA
PRIERE
ME
LIE.

* 9 7 8 2 3 2 9 6 5 6 4 8 9 *